糸むすび

橋爪さち子詩集

土曜美術社出版販売

詩集　糸むすび　＊目次

*

*

詩集　糸むすび

*

もも

この頃ちいさいお子の手足の丸みが
眼についてならへん
あの　とろけそうに頼りなげな　かいらしさ
何やろ　齢がいったいうことかいなあ

そら　産むことも生まれることも
偶然に落としたインクの染みや
ぱっと華やぐ誤謬の花火や　けど

どんな事情の命かて
一点の汚れもない清い真実として生まれるやん
あれって　あれって
何ちゅう優しゅうて怖い宇宙の恩寵やろ

私が子どもを産んだことを今日まで
誰ひとり責めたてた訳やなし
子おもそれぞれ　とっくに所帯かまえてる

当の私かて　もういつ死んでもええ齢や
そやのに今頃になって　今さら
産んでしもたことが空恐ろしいて　ならへん

肩の後ろを

水の垂れるような音がずっと付いてきよる
誰や　振りかえる眼のおくを
撫でるように優しい翳が横切りよる
その柔らかさが　かなんのや

実は私のかあさん
車椅子の前屈みに今はもう
ほとんど喋らへん笑わへん怒りもせんで
病室の遥か彼方を仄暗い眼えで見つめたままや

かあさん
かあさんも産みたての私を初めて抱いて
その滴るように無垢な柔らかさに思わず
私を落としそうになった日の怖れ

よう　覚えてるやろ

あの遠い日の怖れと今いまの今日
死の腕(かいな)にふかふか抱きしめられてる怖れいうのは
えらいこと似てるのやないやろか

明日は
かあさんの古い着物つぶして作った巾着に
水蜜桃ふたつ入れて見舞うさかい

糸むすび

a

今日　かあさんの車椅子を押しながら
スーパーに入ると
食品棚の低みを泳ぐように
オハグロ蜻蛉が飛んでいました
おうおう　かあさんが指差して
外へ逃がそうとしたけれど
すぐに見失ってしまった

半年ほど前にも似たことがありました
入院していたかあさんを見舞った時
オハグロがまるで院内に
入ろうとするかのようにガラスドアに
何度もからだを打ちつけていたのです

ともに何十年も眼にしなかったオハグロで
かあさんに関するできごとで
細ぼそとした漆黒の羽ばたきが
久しく病むかあさんのようで
ひと捻りすれば容易に死んでしまう弱さの
碧にひかる小さな飛行が
眼の底に強く残っています

b

夕刊に学校の国語から文学が
姿を消そうとしていると報じられていて
０氏*の話を思い出しました

終戦後０氏は　シベリアから沖縄に帰還し
工員を経て高校の非常勤講師になりました
月給は工員時の半分の三百円で父母は怒り
哀しんだけど　彼はこの高校講師の二年間
が生涯でいちばん楽しかった　といいます

「科目は文学　アメリカが国語ちゅう言葉

を嫌って文学というたんだ」０氏は戦争前
に大学で学んだすべてを生徒に注ぎ彼らは
「むずかしいが面白い」と喜んだのでした

当時アメリカが推した「文学」を
今日の政府が嫌うのは何とも皮肉ですが

c

生をくりかえし押し寄せる哀しみの日
０氏に教わった生徒たちは
アナーキーなほどに自由な授業を思い出して
胸を熱く広げ新たに

生き直したことが何度かあったでしょう

私もいつかかあさんを失った時
彼女を見舞ったオハグロの懸命な飛行を
かあさんの励ましのように思い出し
新たな生き直しを誓うだろう

ＴＶが隣国の軍機の行進を報じています

強く見えるものは本当は弱く
一匹の虫　一輪の花　一冊の本　独りの決意
弱く見えるものの方が本当は強いことを
かあさんの生き方から教わりました　いえ

すべてのいのちが未だ(いま)
ヒトでも蜻蛉でもなく原初の海の泥底に
渾然一体と溶けあっていた太古の日から
私の血肉はそれを知っていたかも知れません

私の身体の内側で
O氏の生徒らの拳やかあさんの笑顔
蜻蛉や草や虫たちの息づかいが
それぞれ色あざやかな糸になって
結びあう日がかならず来ることも

＊　二〇一九年・令和元年九月五日のＮＨＫ「ラジオ深夜便」
沖縄の作家・大城立裕氏（一九二五―二〇二〇）のおはなしによる。

卓

ふいに火星を探検するはめになって
大きな負債をかかえたり
思わぬ遺産を得て富者になったり
火災で多額の手形を借り入れたり

ルーレットを回すたびに一喜一憂しながら
小さなひとも老いたひともさいごは
誰よりも裕福になろうと熱く目論む

もう一回
最下位の敗者がさけび
人生ゲームは果てることがない

きのう
読んでいた中島京子の『小さいおうち』では
昭和十七年二月のマレー海戦勝利記念に
全国の小学生へ配られた青いゴムまりを
母子して楽しくつき遊び
軍隊に
景気好転への全幅の信頼を寄せる場面や

今もし好きなものを食べられるなら　の話で
好物を次々と列挙して楽しみ

やがてつらくなるシーン

正しく報じられない操作戦況への喝采や
当時の婦人雑誌の頁ごとにあった文言
「一人でも多く殺せ！」への是認

それらすべてに　知らず
鼓舞されていただろう私の祖父や祖母
また父や母

今
疫病禍の家族も同様に
卓に小さくこもりながら
訪れたい海や街の映像に夢を盛り

「殺せ」の文字に疫病をのせて一致団結する

次だよ
小さなひとの声が私を急かす

すべての眼が
同じ方向を向く不幸と怖さと奢りを
払いのけるように笑い声をたてながら
勢いよくルーレットを回す

いちにち

和牛専門店マル福で
いつものように
揚げたてコロッケを三個買った

陳列ケース奥のステンレス台では
お兄さんの清潔そうな大きな手が
肉のかたまりを丁寧にスライスしている
とても大切なものを扱う時の
指先に美しい沈黙を集めて

お兄さんのまわりで刹那
時間が止まる

午後は硯の陸(おか)へ水を滴らせて
右腕をしずかに上下させながら
磨るほどに香る墨をゆっくりと
硯の海へ落とし入れ
口に小筆を真一文字に咥えて書に励む

筆と手をさふっと洗い
洗面　風呂場をしらしら磨くと

えんどうの莢を窓の陽に透かして
莢に眠る粒数の

ほのかな影の幼さを確かめてから
日なかに飛び出すまるい実を
一袋三九八円分くりかえし愛でる

新月の窓を閉じ早々に横になる
たちまち分厚い闇が　私を
執拗にまつわるけれど
少しもかまわず夢の淵を歩いていく

その果てを広がる光景が墨の香や
豆粒みたいな清いものであろうと
殺戮の禍々しさに充ちていようと
濁に富む正体不明の私の肺臓こじ開け
堂々　眼を凝らしながら

きせき

うんと遠い日
わかく貧しいおとこは膝のなかに私をつつみ
耳のそばで息を吹きかけるように
雪おんなの絵本を東北なまりで読んで聞かせた
ラジオからは名も知らない美しい曲が流れ
間もなくおとことは別れたけれど
美しい曲は私のうなじにつよく残った

震えるように愛したおとこと人混みを歩いていると

名を知らないその曲が
どこかの店から聞こえてきた
Somewhere my love ララのテーマ[*1]だよ
愛するおとこが教えてくれた

ある日
牛蒡に似たにおいのするおとこと出会い
懐かしい夢をたどるように結婚した
生活するうちに牛蒡のにおいは跡かたもなく失せ
幾十年ものでこぼこな日々が過ぎた

夕陽につつまれ　もう若くはない夫婦は
たがいの足許を気遣いながら
旅先の海辺をしみじみ歩いた

レストランのドアを開けると
バラライカの響くララのテーマが額をおそった

（同じ曲が
生涯のやさしい場面に繰りかえし聞こえ
その度に私を赦すように愛撫するとしたら
その偶然は何と呼べばいいのだろう）

急ぎ『ドクトル・ジバゴ』を読んでみた
千頁におよぶ小説は　ロシア革命前後の混乱期を
ドクトル・ジバゴとラーラがたどる随分な
無秩序で険しい登山のような読み物だった

わたしたち二人は（略）何千年もの間に、この

世間に創造されたかぎりもなく偉大なものの（略）
数々の奇跡のいわば形見として（略）呼吸し、
　愛し合い、泣いているのよ、[*2]

そうね　人はみな奇跡のいのち　かりに
偶然出会う曲に人知の及ばぬ意味があるとしても
迷いに生きた私が
賢しらにそれを測るのはよそう

けれども　もし
残り少なくなった私の日々に
も一度ララのテーマが響くなら私はそのとき
羽根休めの岩を見つけた鷗のように
空を仰ぎおおきくハミングしてみせよう

＊1　一九六五年、英伊合作映画『ドクトル・ジバゴ』のテーマ曲。
＊2　ボリス・パステルナーク著『ドクトル・ジバゴ』（江川卓訳）より。

謎かけ

しゅうとめは亡くなる間際
右手を少し上げ
何かに摑まるように
拳を握ろうとした指のまま
逝った

あれは何だったのだろう
身体を
彼岸に持っていかれる浮遊感に

思わず抗した動作だったのか
夫と繰りかえし話した
判らないね
いつも結論は出なかった

それから幾十年もの月日が過ぎ
右手の謎については
話すことも無くなっていた

何だったんだろうね　あの指は
暑苦しい八月の夜
たがいの寝室へ右と左に別れながら
夫がしみじみ呟いた

気がつけばふたりとも
いつ亡くなってもいい歳になって

ベッド脇のラジオを小声につける
落語が牛の涎ふうにうつうつ響く
それにしても
しゅうとめの没年に近づいた今
あの右手は単なる浮遊感ではなく

息子である夫への
最期のいとおしみだったようにも
自身が生きた日々への愛惜だったようにも
名づけがたい寂寥感だったようにも

さまざまに思える

しゅうとめの謎かけは　いずれ
夫と私　別べつの日に
たがいに教えあう術もなく
身をもって解くことになるだろう

今夜みる夢の淵に
夏つばきの白い花弁が次つぎほどけて
いくようだととても嬉しいですが

聖戦

私の町の図書館では
冠婚葬祭の本と国防・軍事の書棚が
隣りあって並んでいます
なるほど誕生と死と殺戮は
世の歴史そのものかも知れないけれど
このコーナーを担当した図書館員の指は
すこしの間
奇妙な躊躇と震えに
捕らわれたか知れません

美術のコーナーを探っていたら
まあ
分厚い画集の砂色の絵が
私を釘づけにしました
汗まみれの髭やら白髪を
首筋にびたっと這わせた男が
木組みの車に
妻と幼い子らを乗せて
不毛の荒れ野をひいたらふうたら
進んでいく絵*です
男の後ろには
似たようなはぐれ者の一群が
疲れ果てた身ひとつで
前かがみに従いて行きます

男は
弟を殺して群落を追われ
新たな定住地を求めながら
日ごと膨れる焦燥とともに
当てもなく　さまよう者らです
絵の内そとを
幾万もの日が沈み
幾万もの日が昇りして
男らは
さすらいの果てに生き倒れ
また甦りながら　爆撃のさ中を
腐臭ただようビルの谷間を
今なお増殖しつづける様子です
ふいに

胸があふれました
呑んだくれて
しくじりにしくじり
敗走また敗走の果てに
千万の労苦を母と
私ら幼い姉弟に背負わせたまま
早死にした私の父は
砂の絵の男にどことなく似ています
（できるものなら私は
世間のいう善悪なんか
何ぞとばかり
ひたすら父の弱さに寄りそって
も一度
父との生き直しをしてみたい）

窓のそとは
みほとけの目蓋に似た夕陽の優しさです
背いっぱいに陽を浴びながら
私は
画集をゆっくり棚に仕舞いました

＊　フェルナン・コルモン（一八四五―一九二四）の絵「カイン」。

やくそく

雨上がりの枝に露玉が万とひかる
「この露は傍のコブシの花と空を逆さに
映しているはずよ不思議やね　かあさん」
車椅子を止め話しかけるが母の表情に動きはない

ひとり深呼吸して
清冽のトレモロに見入る

青のヒヤシンス　馬酔木　ウイキョウを過ぎると

名も知らない野花に蜜蜂が忙しくはたらき
草木に覆われた池では
釣り人が時を止めて糸を垂れている

陽と花と虫の申し分ないこの
天意に充ちた光景の中でなら今
百を前にした母と急逝しても
それはひとつの幸せな約束といえるだろう

ブラジルの原住民ヤノマミ族の約束では
妊婦は森の奥に出かけて出産し
生まれたての赤ん坊を村に連れ帰るか
放置し白アリの餌にするかを
独りたんたんと決断するという*

死よりも深い村の掟の淵に
赤ん坊を置いて女が歩み去ると
森はやわらかな漆黒の腕で赤ん坊をつつみ
大地は女の背へ沈黙の祈りをささげる

その場にいれば私も
せめて墓標を　と震える手を落ち着かせ
赤ん坊の遺体を抱き上げるだろう　が

「汚れた手で無垢ないのちを触るな」
たちまち頭上から村長（むらおさ）の罵声をあびて
返す言葉もなく後ずさり
迷走のはて

森の隅に命を落とすかも知れない
摘んだばかりの蒲公英が掌でもう萎れはじめ
きびすを返して母の住まいに向かう
後足に花粉玉をくっつけた蜜蜂の羽音が
うんと遠い日の縁側を過ぎていく　よ

＊『ヤノマミ』国分拓著より。

ぽとん

美容室でシャンプーを終え
顔を上げると
眼の前に頭のツボの図があった

額のまんなか
生え際のすぐ上は
神の庭　と名づけられ
こすり上げるように押すと
感情が落ち着き和むという

それにしても
たいそうな名まえ

でも　そこは
赤ちゃんが生まれるとき
骨が折り重なって産道を
通りやすくする神秘な部分であり
生まれた後も
呼吸のさまが薄い皮膚奥をプクプクと
露わに見える聖なる部分だから
その名がとても相応しいのだろう

いつも　くらいにね
馴染みの美容師さんに髪を任せ

眼を閉じながら
大きく育ち過ぎた我が子の
幼年をゆっくりと遡る

はじめて児のプクプク部分を触れた日の
指先の畏れと恥らい
タンポポの綿毛を抱くように
愛でた頬や手足の無垢なまるみ
いまの日も耳底を
こだまする幼い笑いまた泣き声

眼を開けると
小さな足うらが木の実を零しながら
鏡の奥へ走り去って行った

よく噛む前に

キャベツをみじん切りしている
サクサクサクサク　全体止まれ

窓の外
休日の小学校の校庭では今ごろ
きのうの日暮れまで縦横無尽に駆けては
跳ねた無数の運動靴跡がまだ
ダンゴ虫くさいにおいを濃く漂わせ

花壇よこ
一列に並んだ十個の銀に光る蛇口は
喉元すれすれに水をせき止めながら
「今の僕らって　しみじみ静かで
永遠に似てるとおもうな」
などと自負していることだろう

サクサクキャベツを練り粉に混ぜ
鉄板上におたまを回して
うつくしい緑の円を描いてみよう

円がふっくら焼けたなら
「漱石は好きではありません」などと
偏向な呪文を唱えつつ緑の円を

豚バラ肉で満身創痍の騎士ふうにつつみ

裏切りの速度でテヘン
素早く手早くひっくり返して
鉄板に落とした生卵に被せ　こんがり
こってり関西風甘口ソースを過剰に塗れば
重層のＢ級グルメの出来上がりです

サクサクサクサク　よく噛む前に
サクサクサクサク　全体止まれ

かつて
この小学校の運動場から出兵し
日照りと飢餓の外地に没しながら

今なお　この小学校の校庭の
地下の深みを彷徨っている叔父たちの分も
忘れずほとけさまにお供えしたらば

わたくしたちは
酸いも甘いも渾然一体Ｂ級俗世の重層を
ぱつぱつむしゃむしゃ頬ばろう

とける

ひとが最期まで認識できる色は
黄色やて聞いた事がある　それ
だけ黄色は位の高い色なんやろ

わたしもいずれ次第に見えへん
ようになる今際の視界に　黄色
い衣のお迎えらしいおひとやら
その向こうに広がるうす黄色い
花畑やらを寂しいほど美しなあ

とか思いもって　最期に深ーい
呼吸ひとつ　落とすのか知れん

黄色いうたら　そう　ゴッホが
パリから移り住んだアルルの家
も黄色やったし　ゴーギャンを
招くために　心躍らせて何枚も
何枚も描いては部屋を飾った花
も　燃えるような向日葵やった

待ち望んだゴーギャンとの生活
は言い争いのストレスつづきで
追い詰められたゴッホさん遂に
左耳を切り落としてしまはった

その頃彼が読んでた『罪と罰』
では黄色は精神錯乱を象徴する
病棟の色やったというのやけど

ゴッホの向日葵は錯乱とは何の
関係もないいえ　そやかて　あの
あれらの花びらの　溢れかえる
ような幸せの黄色を見ておみな
あれは　お陽さんに　ま向かう
者だけが持ち得る　すこやかで
強靭な魂の色に他ならへんもの

ゴッホの白い質素な棺は向日葵
やら黄ダリアで被いつくされた

そうえ　その瞬間ゴッホさんは
お陽さんを慕う向日葵と違(ちご)うて
お陽の煌めきそのものになって
草花や母子や糸杉や星　自身の
絵を燃える祈りで照らし始めた
のや　観る者を強く溶ろかして

＊『ゴッホの耳』バーナデット・マーフィー著
山田美明訳を参考。

靴

ゴッホは「黄色い家」に戻るなり
背負っていた絵描き道具を
忙しなく肩から下ろし麦わら帽子を放り投げ
編み上げ靴を焦れるように脱ぐと
いつものように素早い厚塗りに
いちにちを歩いたおんぼろ靴を描き始めた

海のような青い丘の稜線の無限　果樹園
朝露に甦る草花の溢れる色彩と活力

刈り取る男　束ねる農婦　オリーブの木々

降り注ぐ陽光を浴びながら
両の手を広げて麦畑の黄を　駆けたときの
息づまるほどの至福　それら　それらの
すべての刻を共に踏みしめた靴を

描かずにおれない激情もその浄化も喜びも
パリを棄てた哀しみも弟と諍った苦みも
すべてを絵筆のように相棒のように
分かち合った靴を描く

絵が仕上がる
画布を見つめる男よりも強く

画布の靴が男を見つめかえす

筆を置くと次に男は
麦の命を刈る人について
弟への手紙を書く

だが、この死の中に悲しいものは何もない。
それは、太陽が晴れた日の黄金色の光であらゆるものを満たす、明るい日中の光の中で起こることなのだ。

書きおえた男は疲れ切ってベッドにもぐる
絵具の乾かない画布の靴が
男の夢へ静かに入っていく

＊　映画『永遠の門』（二〇一八年、ジュリアン・シュナーベル監督）と『ゴッホの手紙』H・アンナ・スー編、千足伸行監訳による。

すいっと

風が舞うたびに銀杏の葉が
さんざめき乱調をかなで
黄の海に地を染める
秋は氾濫　溢れ出る歓喜

「レザリスカン　散る紅葉」
そうだゴッホにも
待ちつづけた末に
やっとアルルへ招いたゴーギャンと

散り敷く木々の公園をそぞろ歩く人々を
ともに並んで描いた絵があった

幸福感に充ちた赤と黄と緑の豊穣は
諍いの果てゴーギャンがアルルを去り
精神の均衡を欠いたゴッホが
自身の耳を削いで
娼館の下働きの女に贈ったことで
早々に伝説になってしまった　けれど

ゴッホの死後百年が経ち
幾百年が過ぎても彼の紅葉の絵は
歓びの葉を降らせつづける
(何てうつくしい残酷)

いや　そうではない
ゴッホだって誰だって
そのようにしか生きられなかったし
そのようにしか終われなかった

まして他殺なのか自殺なのか今の日にも
定かではないピストルに倒れ
弟テオの腕のなかで
「こんなふうに死にたかった」
と言ったゴッホであれば尚更に
実人生の激烈な辛苦と描く歓喜
その両極に裂けた凄まじい振幅の頂点で

死が唯一の救いのように彼を訪れ
哀しく見事な神の距離をゴッホは
押し戴くようにすいっ　と飛んでみせた
（私もいつの日か迷いの果て　すいっと飛ぶか）

明日あたり
銀杏はすべての葉を脱ぎ棄て
裸の枝々をすがしく天に差し出すだろう
秋は耳　止まない残響

雷雲

六五二通目
ゴッホが弟テオにあてた最後の手紙は
彼がピストル死したとき
身につけていたものだった

テオはゴッホが画家を目指してからの約十年
毎月自身の収入の半分を送りつづけ
ゴッホの生活を支えつづけた　けれど

テオの結婚　子どもの誕生などで
支援は次第に困難になり諍いになり
破綻は目の前に迫っていた

テオよ、ぼくがきみにいつも語ってきたこと、それを今一度言おう。（略）ぼくは常に、きみを単なるコローの画商以上のものだと考えている。ぼくを通して、きみは作品創造の実際のある部分を担当しているのであり、（略）これがこのひどい危機の瞬間に、ぼくがきみに言いたいことの全て、少なくとももっとも重要な事*

テオへのこころからの感謝　その他に
生活の手立てを持たないゴッホに

弟へ告げるどんな言葉があっただろう
ゴッホは取りかかる絵の構想や
スケッチや色合いをつねに弟に知らせ
絵具が渇き次第テオに作品を送りとどけた

ゴッホが
手つかずの海にこころ揺さぶられたとき
美しい夕景に太陽の輝きと森の暗さ　その
両方がこの世に在る嬉しさを綴ったとき
　きみが一緒にいてさえしてくれたら*
今すぐきみがこのオリーブの木を
見ることができたら*
いつも
真っ先にテオをおもった

一枚の絵も売れず認められもせずに
描く年々の日々の孤独を支えつづけた弟が
守るべき新たな家族を得たとき
ゴッホは果てしない荒野に立つように独り
雷雲の下に広がる麦畑に対峙した

テオよ見てごらん
海のように波打つ柔らかな麦畑
花咲く馬鈴薯の苗　青　白　スミレ色　繊細な紫
これら全ての色調のいのちの輝きを　さ

ゴッホがいくら呼びかけても
テオは背中をみせたまま凄まじい早さで

雷雲の彼方に遠ざかるばかりだ
絶望がゴッホの全身を襲い
無数のカラスが彼の頭上を旋回し始めた

だが、何をなすべきなのか*

ゴッホの
永遠に閉ざされた最期のフレーズの先に
わたしは何色の花束を置けばいいだろう

*はいずれも『ゴッホの手紙』H・アンナ・スー編、千足伸行監訳による。

夢のしっぽ

京都府・天橋立では
湾をつなぐ松林を眺めるのに
丘のいただきで仁王立ちした股間に
頭をつっこみ海と空を逆さに見る

股間にのぞく松の林は
空にかかる橋にも竜にも見え
神の気に触れたように運気が上がるという

なるほど逆さに見る天橋立は
どこか彼岸のにおいがして
股のぞきを編み出した人と
それを良しとし伝承した人の
才気が際立つ

浮世絵に憧れて模写を重ね
日本を理想郷と信じたゴッホは
浮世絵から日本を
股のぞき的に思考したのかも知れない

来日はおろか何ひとつ
夢の叶わなかったゴッホだが

オーヴェールの地で
晩年のゴッホと知りあった無名画家
英国籍のE・W・ブルックが後年
日本へやって来ていたと知ってから
どうにも胸騒ぎが止まないのだ*

(ブルックの来日はブルック自身の夢と
ゴッホの夢をふたつながら
花開かせたことになりはしないかと)

ブルックは関東大震災に遭って神戸へ移り
祖国に帰ることもなく
神戸の外人墓地に眠っているという

ゴッホの夢のしっぽは
いまも時のあわいをくぐり抜けて
ブルックとともに
あるいは思いつめた眼の急ぎ足に独り
日本の美術館の奥まった浮世絵室を
訪れることがあるのかも知れない　と

＊『たゆたえども沈まず』原田マハ著の解説、国分寺司氏の文中による。

橋

ゴッホは現代の神話だ
明治の末に詩人で画家の村山槐多（かいた）が
ゴッホをそう評した時
槐多はわずか十九歳でした

（たしかにゴッホは牧師の家に生まれ
日々　宗教画を見聞きして育ったので
信仰の絵は幼少より
ゴッホの日常であり副菜でした　一時期

ゴッホも牧師を志したのですが
教会から拒否されてしまい　けれど
だからこそゴッホの絵には終生
神への思慕が秘められていたのでしょう）

絵描きを目指し始めたばかりの槐多は
朝焼けの柔らかな朱を
体いっぱいに浴びながら
ふと歩みを止めました

ゴツホは二十八（まま）で死んだ。
俺はいくつで死ぬ事やら。[*1]

ゴッホの絵を追想しながら
その短命を惜しんだ時
槐多はまさか
自身がゴッホよりもっと早く二十二歳で
逝くとは考えもしなかったでしょう

槐多はただ懸命に描き
すり減った下駄の早足に絵筆を握りしめ
肺結核に金と紫の咳をしながら
画布を猪突猛進いたしました

ためらふな、恥ぢるな
まつすぐにゆけ
汝の貧乏を

一本のガランスにて塗りかくせ。[*2]

高熱にもじっと寝ておれず
胸の血溜まりを追い払うように
氷雨に外へ飛び出し死期を早めた槐多でした

あんな火だるまにはもう会えないだろう
友人の一人が言いました

河原の水の仰山さ、あの仰山の水わいな[*3]

私の耳もとをうっすらとかすめ
つい今のいま
四条大橋を渡って人波に隠れた後ろ姿が

槐多だったのか異国人だったのか
もう　よく判りませんでしたが

＊1　大正三年五月二十五日、十九歳の日記より。ゴッホは本当は三十七歳で死亡。
＊2　村山槐多「一本のガランス」より（部分）。
＊3　村山槐多「京都人の夜景色」より（部分）。

目撃

一八九〇年にゴッホが亡くなり　早くも
その二〇年後　白樺派の誌上でゴッホが
紹介されたという　翌一九一一年には同
派よりゴッホの手紙が翻訳され　その翌
年には「ゴオホ号」特集が出版された

これら　白樺派による紹介がきっかけで
日本のゴッホ熱が過熱した　と原田マハ
著『ゴッホのあしあと』に記されている

当時の日本にはゴッホ作品が「ひまわり」
一点しかなかったらしく　絵よりオラン
ダ人ゴッホの　仏語による弟テオに宛て
た抒情的で敬虔な六五二通の手紙とその
生き様によって　彼に魅せられたファン
も少なくなかったのかも知れない　事実

ゴッホの手紙本は　今なお数社より出さ
れており　六六版を重ねる書があること
からも　永く高い支持を得ていると判る

当時　一部の富裕な崇拝者はゴッホ終焉
の地パリ近郊オーヴェール＝シュル＝オワ
ーズまで巡礼の旅をして　ゴッホの死を

看取った医師のガシェ家で　二〇点もの
ゴッホ作品を心ゆくまで堪能した　その

ガシェ家を訪れた日本人とは一九一四年
山本鼎*と森田恒友だとある　あっ　私は
思わず声をあげた　山本鼎は村山槐多の
従兄であり　槐多の絵の才をいち早く見
抜いて槐多を画業へと導き　二十二歳五
カ月の短い彼の生涯を篤く見守った人だ

十七、八の槐多がゴッホを「現代の神話」
だと　評したのには　新進の画家で従兄
鼎の　多大な影響と裏付けがあったのだ

ゴッホの絵を食い入るように観た鼎の
興奮気味の感想に　息を詰め眼を見張っ
て聞く槐多　二人の濃密な時の名残が今
も鼎への　槐多の手紙に仄見えるようだ

本屋で偶然手にしたゴッホの本を介して
思いもかけず山本鼎とゴッホと村山槐多
の　光に充ちた確かな結びつきをメタフ
ァに目撃した私は　その美しい頁を幾度
も出たり入ったりして　数日を過ごした

今夜も　金星の慈光を左頰に浴びて眠る

＊　山本鼎　白秋の妹・家子と結婚。長男は詩人・山本太郎。

麦の香

ひょんなことから　画家のゴッホさんの手紙
ちゅうのを読みましたんや　大方は弟のテオ
さんに宛てた手紙ですのやけど　これが結構
面白おすのや　絵の方はとんと判らしません
し　彼の絵が好きかて聞かれたら　えらい絵
の具が分厚うて暑苦しいのんやら　渦巻いて
目眩しそうな絵はそう好きやない気もするの
やけど　綺麗なフランス語とスケッチ入りの
手紙は　優しゅうて病みつきになりますのや

二つ三つ挙げてみせと言われても難しいですけど 秋に心奪われるのは「落葉、和らげられた光、もやがかった周囲のもの、細い木の幹の優雅さの中に、時折穏やかなメランコリーがあること」やとか「何かしら無限のもの、何かしら神を見出せるものを必要とするならば、(略) 朝日が射しこむからといって笑う赤ん坊の瞳の中に」あるとか際限おへんけど最も心に残る手紙を挙げるなら次のです[*1]

ぼくが血肉としているのは自然だ。ぼくは誇張もするし、時には主題に変化を加えたりもする。(略) 反対にぼくは、絵とは自然の中に、すでにできあがっているが、それを解明する必要があるものとして捉えている。[*2]

これはテオやなしに画友ベルナールに宛てた手紙やけど　ほんま　そのとおりやと心の深みでえろう頷くもんがおした　私が拙い詩をかいてるときにも　いつもこれと同じことを感じますのや　木なら木　花なら花　眼前に悠と聳える木の魂　咲き香る花の風情　それらを何とか言葉で捉えようとするのに　そう努めれば努めるほど逃げる言葉　遠ざかる情切ない　もどかしい　辛気臭い　もうあかん

そんな絶望に襲われたとき　この手紙を思い出し　すると自然の豊穣と闘いつくした彼の描いた麦の香が　私の鼻孔いっぱいに漂うてくるようで　もう一度きばろと思いますのや

＊1　この連の「　」内、および＊2はいずれも『ゴッホの手紙』H・アンナ・スー編による。

ゆきの日

その日は一日中TVがついておりました　私ら
教師は生徒に自習を命じては　入れかわり立ち
かわり職員室に戻り　映像に見入っていました

崖上に立つ山荘の足許は雪と　突入する機会を
窺う機動隊で埋まり　山荘の壁は巨大な鉄球で
振り子状に叩かれて　建物に潜む立てこもり犯
のやみくもな銃撃が　二人三人と機動隊に犠牲
者を出して　それは息づまる中継の連続でした

間もなしに崩れた山荘の壁穴へ　大量の放水が
ぶち込まれ　催涙ガス弾の煙に　堪らず開けた
窓から一瞬　犯人の姿が黒く見えたりしました
下校時が過ぎても事件は解決せず　人質の安否
も犯人の数も　判らないまま帰宅いたしました

夕飯の湯気の向こうの映像に　顔を晒した犯人
が続々と連行されて行って　私はアウトローに
生きることの怖さと孤独と闇の深さに震撼しま
した　曖昧な離脱左派にすぎなかった私ですが
即退職し　何事もなかった顔で家という小さな
箱に隠れようと　その翌々月に結婚をしました

さいわい次々に生まれた子が　私をオッカサン稼業なる現実に戻してくれました　山荘事件から半世紀がたち　事件の犯人Sの手記と事件の指揮官の本を読む機会がありました　指揮官の本は落城物ふうで　正統なスリリングと面白さでした　Sの手記はプーシキンの詩「おのれの生涯を読みかえし（略）にがいなみだを流す。

／けれども悲しい記憶のかずかずは／もはや消し去るよしもない」から始まり　手を血で染め闇の底に堕ちた者が　負の人生を何とか償おうとする意志の凄まじさと　魂の純度の高さにおいて　指揮官のそれよりも私を強く打ちました

尖り優しさを欠いた若い日を省みながら疫病禍で会えない施設の母へせめて便りを書いてます

＊『連合赤軍「あさま山荘」事件』佐々淳行著、『あさま山荘１９７２』坂口弘著を参考。

午後の光のなかで

かあさん爪を切りましょう
寝たままの母の手を毛布からそっと引き出し
もう櫛ひとつ持たなくなった痩せた腕を
手ぬぐいの上に伸ばして

爪がシーツに散ったりしないよう
ゆるりそろり亀さんの速度で　ね

さっき病院の入り口に

オハグロ蜻蛉が一匹飛んでいましたよ
黒く艶やかなからだを碧に光らせて
まるで病院に入ろうとしてるみたいだった

オハグロなんて見たの何年かぶりだったわ
かあさんはずっと眼を閉じたまま

はい
両の手ともきれいになりましたよ
手を布団に仕舞うと
口もとがほのかに笑った

うふふ　笑いましたね
それにしても

眠りつづける凪の呼吸の安らかさ

かあさんの閉じたまぶたの岸辺には
オハグロやアオスジアゲハなんかの群れが
まるでお祭りのように
明るくさびしく
舞いはじめているのでしょうか

病院の入り口で見たオハグロは
かあさんのまぶたから
零れ落ちた一匹だったかも知れません

午後の光がぽうぽう撥ねて
永遠のようです

八年目の三・一一

母を介護タクシーに乗せ　私と弟は
半旗のひるがえる街なかを
昨年まで母が住んだ古家へと向かった

帰宅ばかりを言い募る母に根負けして
仏壇に線香を供え昼食をとるだけの
日帰り帰宅なのだが
母は施設を出て家に帰れるものと思うらしく
私は窓を流れる人波を虚ろに追いながら

戻り時の騙し言葉ばかりを考えている

震災の日の大停電の夜は
零れるばかりの星空だったという

ある人は星になった犠牲者を偲んで
この夜空を美しいと思ってはならぬ
と繰りかえし自身をいましめ
ある人は朝刊配達の準備に
せっせと身体を動かし　ある人は
黙々と家族のおむすびをにぎった＊

どんな状況にあっても
日常を保つための精一杯を務める

人の律義さにこんなにも胸が溢れるのに
歩けなくなった母の日常を奪い
彼女の同意もなく施設に送った姉弟は
母の耳に向けてなお熱意を込め
虹のようなあやし言葉を注ぎつづける

そのたびに母の眼を広がる沼の
果てなさに足を取られながら
私と弟はどこまで耐えていけるだろう

世界の呼吸がふいに浅くなり
彼女はちかく九十七歳になる

＊　二〇一九年三月十一日、ＮＨＫ「ラジオ深夜便」による。

しあわせ

母の入浴拒否が強いというので
施設の風呂の中までつきそうことになった

職員さん二人がかりで母を
車椅子から風呂椅子に移して
身体を温め洗い
さいごに湯ぶねに入れる
すべてが力仕事だ

「えらい済まんけどなあ
下（しも）が黒いうちは死なんいうさかい私
もうちょっと寿命があるみたいや」
母がふいに話す

年老いた女は時に
こちらが気づきもしない人生の含蓄を
すこし気味悪げに述べるものだが

「そうかも知れん　かも知れん」
職員さんが感心したようにいう
職の経験が
母の言を裏づけるのだろう

（そういえば姑の晩年は
少女のように無毛だった）

「常づね立派や思うてたんえ
展示に出したら良いような感じや」
「いや　それは不味い」
職員さん二人が笑いながら服を着せる

「ありがとう　眠うなってきた」
母はさっきの含蓄をもう忘れたかのよう

幼児にかえった今の母に話しても
もう通じはしない母娘の
溢れる記憶の喪失を悲しむより

彼女が永く背負ってきた労苦を
置き去り振り棄て日ごと
身軽になってゆくしあわせを
喜べばいい　と

誰か

母が風呂に呼ばれた
手際よく洗ってもらい
「よいしょ」
さいごに職員さん二人で
湯ぶねに入れる

身体がぬくもり
母が粗相をする
異なものが湯面に浮かびあがり

「何か浮いとるぞ」
いきおいよく母が叫ぶ

「済みません　今日は一番風呂なのに」
私の恐縮をものともせず
気分よくなった母は意気軒高だ

母の衣服を着せている横で
職員さんがお湯を抜き浴槽を洗う

幾度も頭を下げ部屋にもどる

この楽天
あっぱれなものだ

訳もなく笑いが込みあげてくる

誰かによる命のしくみの優しさの
その相手も摂理も判らないまま
私は心からの感謝を
その誰かにささげた

ゆふらゆふら

かあさんはまもなく百歳です
兄や連れあいの寿命をもらはったのや
て皆いうていいます
（二十五歳で戦死した母の兄の寿命と
四十二歳で逝った私の父のことです）

かあさん自身も半分そう思うてるらしい

それがまんざら嘘でないなら

戦死した母の兄と私の父は
見ようとして見れなんだ夢やら
果たそうとして果たせなんだ願いの
たがいに異なるところを
かあさんに授けた寿命の中でどういうふうに
折れ合（お）うて長の年月
仲良うに共生してるのですやろ

それとも
共生もへったくれもない

亡（の）うなった人いうのは
死後の自分をいつの日も懐かしみ
許容してくれる人の身体を住処に

その人の脳味噌の隙間を
出たり入ったりしもって

霞を食べて年も取らんと
この世を生きてきた時より自在に
ゆふらゆふら魂〇(ゼロ)グラムの軽さで
透けるように
存在しつづけるものですやろか

そうかも知れへん
かも知れません　そやかて
かあさん　この頃よう　いうんです
きのう兄さんが来てくれたやとか
あした　とおさんと出かけるやとか

亡うなった人たちの過去も自身の明日も
何もかもを混ぜこぜに
生きるようになった今のかあさんの日々を
ぎょうさんに支えているのは
私ら生きてる者やなしに
母の兄や私の父
すでにこの世に亡い人らかも知れしません

間もなく赤や黄　紫や碧
様ざまな木の実が
地と空をまあるく溢れる季節ですし

つばさ

遠い日の貧しさの
稀におぜんざいを煮る母を見あげていると
母は私と弟の幼い掌をくぼませ
砂糖をひと匙ずつそそいでくれた

姉弟は細めた眼をたがいに見つめあい
ゆっくりと至福の舌を動かした

スプーン一杯は

一匹の働き蜂がわずか
三十日の生存中に集める蜜の総量というが
蜂にとってひと匙は
光と風を夢中に飛んだ幸せの結晶であり
天へ旅立つための
証しでもあるのだろう

本棚を整理していると
母と過ごした日の古い写真集や
老いた母が独りを紛らすように
繁しげ寄こした鉛筆書きの
分厚い手紙束がでてきた

幼い日から幾十年
私を多く支え形づくってきたのは
働き蜂の蜜のそのような
つましく果てない母のありったけの
細心な優しい雫の
集積であったかも知れない

そうして今　母は
はげしく執着した今生の日々を棄て
眼のまえに故人を呼び彼岸に遊び
融通無碍の時空へ飛ぼうとしている

老いは何と無謀なしたたかさと
獰猛な翼を持つ何者かだろう

母の痩せた背中を撫でてみる
まだ翼らしい羽毛にはさわらない

あとがき

　店先にエンドウ豆が並びはじめると、何となく嬉しくなります。豆ごはん、卵とじ、かきあげ、ちらし寿司など、春はエンドウ豆とともにやって来る気がします。

　莢を剝くと、待ちかねたように笊へ飛び出す艶やかな豆粒の、裏切りなしの約束。微細な粒とはいえ、彼らのこの世への顔出しに今日も立ちあった心地よさ。そして、ちょっとノスタルジー。

　むかし、私がおなかに子を宿していた時は、太陽と私の子宮が地軸の傾きと同じ角度に傾ぎながら、お臍をとおして互いに繫がりあい、引っ張りあう類まれな躁状態になりました。連れあいへの愛とか何だとか、そんなものは全く関係なく、太陽系の星ぼしの永遠の回転の一瞬を今、共に転回し収縮し膨張しながら、身も心も彼らと連動し連帯しているという横溢感で、毎日が身もだえするような幸せな一刻いっこくでした。

ある日やわらかな星が生まれ、豆ほどの子が私の胸を埋めました。身ふたつになるや、子宮の横溢感は夢のように失せても、子は太陽の堂どうたる申し子。この星をつつがなく育てるためなら、全世界に嚙みつく気でした。

すでに子らは巣立って久しく、私の動的な月日は遥か彼方へ去って、気がつけば宇宙を散る無限の距離の星ぼしの孤独な光が、極小の星である私をひしと取り巻いています。けれどもよく見れば、それらの星の孤独な光の奥底からは、慈しみの煌めきが静かに放たれ、星ぼしを鈍色の光の糸で強く結びつけています。ゴッホの手紙文や、白寿を迎えてなお、祝祭の方向を無心に見上げている母の姿は、私には、宇宙の慈光を具現化したもののようにも思え、とても大切に感じます。それらを追う風のようでありたいとも。

詩集出版に際しては、今回も土曜美術社出版販売社主の高木祐子様に大変、親身で行き届いたご配慮をいただきました。また、過分な帯文をいただきました中村不二夫様、スタッフの皆様に、心よりお礼を申し上げます。

碧したたる候に

橋爪さち子

著者略歴
橋爪さち子（はしづめ・さちこ）

1944年　京都府京都市生まれ。

「青い花」同人

詩集　1986年『時はたつ時はたたない』
　　　2002年『光る骨』
　　　2008年『乾杯』
　　　2012年『愛撫』
　　　2015年『薔薇星雲』
　　　2018年『葉を煮る』

現住所　〒563-0025　大阪府池田市城南1-1-1-806

詩集　糸（いと）むすび

発行　二〇二一年五月二十八日

著者　橋爪さち子
装丁　森本良成
発行者　高木祐子
発行所　土曜美術社出版販売
〒162-0813　東京都新宿区東五軒町三—一〇
電話　〇三—五二二九—〇七三〇
FAX　〇三—五二二九—〇七三二
振替　〇〇一六〇—九—七五六九〇九
印刷・製本　モリモト印刷
ISBN978-4-8120-2623-6　C0092